Der Schlitzer von Remscheid

Christian Gläsmann

Der Schlitzer von Remscheid

Ein Kurzkrimi aus dem Bergischen Land

Bibliografische Information der Deutschen Nationalbibliothek:
Die Deutsche Nationalbibliothek verzeichnet diese Publikation in der Deutschen Nationalbibliografie; detaillierte bibliografische Daten sind im Internet über http://dnb.dnb.de abrufbar.

Herstellung und Verlag: BoD – Books on Demand, Norderstedt

ISBN: 978-3-7460-1128-8

„Was für ein gebrauchter Tag.", dachte er, „erst eine Schlägerei im Allee-Center und jetzt ist auch noch der Bus weg." Frustriert saß Kriminaloberkommissar Lonko nach Dienstschluss an der Bushaltestelle. Der Tag lief noch einmal wie ein Film vor seinen geschlossenen Augen ab. Ein Tag mit Pleiten, Pech und Pannen. Am Morgen hatte es einen anonymen Hinweis auf den Serienmörder gegeben, der seit mehreren Jahren einen Berg von Leichen in Remscheid auftürmte, den Schlitzer. Lonko war der hauchdünnen Spur nachgegangen und musste enttäuscht feststellen, dass sich wieder jemand wichtig machen wollte und an der Sache nichts dran war. Im Fall des Schlitzers von Remscheid gab es damit immer noch keine verwertbaren Neuigkeiten.

Beim Mittagessen an einem Dönerimbiss war ihm Soße auf die Klamotten getropft, die er erst vorgestern aus der Reinigung abgeholt hatte. Schließlich ging er durch das Allee-Center, als hinter ihm mehrere Männer eine Prügelei anfingen. Als er den Streit schlichten wollte, kassierte er ein ordentliches Veilchen am rechten Auge. Danach rief er die Kollegen herbei, die dem Treiben ein Ende setzten. Tage wie diesen gab es in der letzten Zeit häufig.

Die Polizei Remscheid jagte den Schlitzer bisher vergeblich. Der kaltblütige Mörder trieb seit mehreren Jahren sein Unwesen in der Stadt. Bereits acht Tötungsdelikte schienen auf die Rechnung des Schlitzers zu gehen. Die Opfer wurden in allen Fällen unweit der Müngstener Brücke gefunden. Allen war die Kehle aufgeschlitzt worden. Die Toten waren scheinbar wahllos ausgesuchte Frauen und Männer aus Remscheid. Es gab bisher keine Gemeinsamkeiten, bis auf die Tötungsart und den Leichenfundort.

Vom Täter gab es immer nur vage Beschreibungen: groß, schlank, männliche Statur. Nichts wirklich Eindeutiges. Die Polizei tappte im Dunkeln und für die Presse war der Serienmörder ein Riesenthema.

Die SOKO Schlitzer hatte Lonko als Innendienstmitarbeiter in ihre Reihen geholt. Er war als stiller und gewissenhafter Kommissar sehr geschätzt. Man sagte ihm einen wachen Verstand und eine seltene Kombinationsgabe nach. Für den Außendienst schien er jedoch zu zart besaitet. Im Innendienst konnte er seine Stärken ausspielen.

Zuhause angekommen blickte der Kommissar auf seinen Anrufbeantworter. Es gab einen neuen Anruf. Lonko spielte die Nachricht ab.

„Hey Lonko, altes Haus. Hier ist Teddy, dein alter Schulfreund. Ruf mich an. Meine Nummer hast du ja. Ich habe interessante Infos für euch."

Teddy hatte sich nach der Schule in eine andere Richtung als Lonko entwickelt. Am Anfang waren es kleine Gaunereien. Dann stieg er ins Rotlicht-Milieu ein. Er war ein kleiner Puffkönig mit Kontakten zur Bergischen Unterwelt geworden. Lonko griff zum Hörer und rief an.

„Hallo Teddy, alter Schwerenöter, was gibt es Neues? Du hast doch nicht etwa Infos zum Schlitzer?"

„Doch Lonko. Ich glaube jedenfalls. Anke, eine neue Mieze von mir hat mir was ins Ohr geflüstert. Komm heute Abend in den Club Bergisches Paradies."

„OK Teddy, ich bin gegen acht bei dir."

„Alles klar, Lonko, ich schicke dir um Viertel vor acht eine meiner Privattaxen vorbei. Gonzo holt dich ab."

Lonko war gespannt, was sein zwielichtiger Freund zu berichten hatte.

Zwei Stunden später klingelte Gonzo, ein Türsteher wie er im Buche steht, und holte ihn ab. Lonko konnte es kaum erwarten, seinen Kumpel Teddy zu sehen. Das „Bergische Paradies" war ein Club mit exklusivem Angebot. Kein schummriger Laden, sondern ein Edelbordell am Stadtrand. Als er den Club betrat, sah er sich mit einer Reihe von leichten Mädchen konfrontiert. Eine war schöner als die andere. Lonko war zwar seit Jahren alleinlebend, aber er wusste, dass er sich professionell zu verhalten hatte. Ein Polizist ist immer im Dienst. Eine solche Art von Bestechung konnte ihm durchaus den Job kosten.

Teddy kam um die Ecke und deutete den Damen an, dass sie verschwinden sollen. Der Chef setzte sich zu seinem Freund und bot ihm eine Flasche Bier an. Lonko nahm sich eine Cola und kam direkt zum Punkt.

„Was hast du für Infos? Warum tust du so geheimnisvoll?"

„Die Informationen sind sehr brisant. Ich habe eine genauere Beschreibung vom Schlitzer, und zwar direkt von einem Fast-Opfer!"

Lonko traute seinen Ohren nicht. „Was meinst du mit Fast-Opfer? Hat er versucht, eine deiner Damen zu töten?"

„Richtig. Anke wollte gestern zur Arbeit kommen und ist auf der Straße von einer Person angesprochen worden. Sie war in einer schlecht einsehbaren Seitenstraße unterwegs. Der Kerl packte Sie und hielt ihr den Mund zu. Da sah Anke das Messer in seiner Tasche aufblitzen. Sie konnte sich losreißen und kam vollkommen verstört hier an. Wir beruhigten Sie erstmal und rieten Ihr zur Polizei zu gehen. Das wollte sie aber nicht. Als Anke heute Morgen aufwachte, konnte sie sich an so gut wie nichts erinnern."

„Was hat sie dir denn noch geflüstert?"

„Unter normalen Bedingungen nichts, sie scheint eine Amnesie zu haben, aber wir haben ein wenig nachgeholfen."

Lonko schaute Teddy mit einem Gesicht voller Fragezeichen an.

„Na ja, Lonko. Ich habe dir doch von meiner neuen Domina erzählt. Daphne hat Psychologie studiert und bietet bei uns erotische Hypnose an. Sie hat früher als forensische Psychologin für die Polizei gearbeitet und ist geschult in forensischer Hypnose. Sie hat Anke ein paar Informationen entlocken können."

„Teddy, du weißt, dass solche Aktionen vor Gericht nichts zählen."

„Ich weiß Kumpel. Aber ich will euch helfen und da ist mir jedes Mittel recht. Besonders weil es um eine meiner Mitarbeiterinnen geht."

Teddy gab Lonko eine Beschreibung des Täters aus den Bruchstücken von Ankes Erinnerungen mit. Der Kommissar bedankte sich und wurde nach Hause gebracht.

Am nächsten Morgen bat Lonko den Leiter der SOKO, Schimmler, um ein Gespräch. Er wusste, dass sein Chef die Kontakte zu Teddy nicht gutheißen konnte, aber die Polizei hatte schon mehrfach davon profitiert. Als Lonko den gestrigen Abend beschrieb, fiel Schimmler fast vom Stuhl. Sowohl wegen des Fast-Opfers, als auch wegen der Informationen und deren Beschaffung. Kopfschüttelnd ließ sein Chef ihn allein. Kurz darauf kam er mit allen Mitarbeitern der SOKO zurück. Lonko erzählte erneut die Geschichte, die ihm gestern widerfahren war. Die Kollegen waren erstaunt und begeistert zugleich.

Die Informationen reichten von einer Warze auf dem linken Handrücken, über eine Narbe über dem rechten Auge, welches nervös zuckte, bis hin zur tiefen, versoffen klingenden Stimme. Mit diesen Angaben ausgestattet, durchsuchte die SOKO die einschlägigen Polizeidateien, um zu prüfen, ob sie einen Kandidaten finden.

Nach erfolgloser Suche machten die Kollegen Feierabend und Lonko ging auf einen Absacker in seine Stammkneipe. Immer wieder ließ er sich die Informationen durch den Kopf gehen. Auch bei solchen Merkmalen kam die Suche, der einer Nadel im Heuhaufen gleich. Eine schlaflose Nacht sollte auf ihn warten. Am nächsten Morgen meldete sich Lonko bei seinem Chef krank. Er hatte nachts kein Auge zugetan und war vollkommen gerädert. Schimmler warnte ihn vor Alleingängen, doch der Kommissar wollte nur eins: schlafen.

Lonko schreckte auf. Geweckt durch das Telefon schaute er verschlafen zur Uhr. Es war halb zwei mittags. Am Telefon meldete sich aber nicht, wie er dachte, sein Chef, sondern Teddy. Beide verabredeten sich für 18 Uhr beim Training des FC Remscheid. Dort würde sie niemand vermuten, denn Lonko und Teddy konnten Fußball nicht leiden.

Als der Kommissar zum Trainingsplatz kam, war Teddy schon da. Er kam lachend auf Lonko zu.

„Was gibt es so Wichtiges, dass du mich treffen willst, Teddy?", fragte Lonko.

„Ich wollte wissen, ob ihr schon etwas herausgefunden habt.", entgegnete sein Kumpel.

„Nein, Teddy. Wir können nicht hexen. Aus der Täterbeschreibung konnten wir noch keinen Verdächtigen ermitteln. Wir tun alles, was in unserer Macht steht."

Beide zogen daraufhin von dannen. Lonko entschloss sich, die sieben Kilometer nach Hause zu Fuß zurückzulegen. Das tat ihm gut. Lonko dachte auf dem Weg wieder und wieder über die Kennzeichen des mutmaßlichen Serientäters nach. Diese Kombination, Warze auf dem Handrücken, Narbe über einem zuckenden Auge und eine versoffene Stimme war doch sehr konkret und selten. Es dürften nur wenige Menschen infrage kommen.

Abends bummelte er durch das Allee-Center, als eine Frau ihn anrempelte. Sie war wie ein Zombie unterwegs und schaute, statt nach vorne, immer auf ihr Smartphone. Lonko sah sie an, doch die Frau ging ohne Entschuldigung weiter.

„Entschuldigung sagen ist wohl zu viel verlangt, oder?", rief ihr der Kommissar wütend nach. Von ihr kam keine Reaktion.

Am nächsten Abend war ein kleines Fest von der SOKO Schlitzer angesetzt. Schimmler lud nach Dienstschluss zu einem Abteilungsessen in ein Balkanrestaurant unweit des Allee-Centers ein. Schließlich hatte der Chef seinen 60. Geburtstag zu feiern. Alle bestellten sich ein Getränk und stießen auf Schimmler an. Nach einem Ständchen wurde das à la carte bestellte Essen serviert, und alle ließen es sich schmecken.

Auf einmal wurde die Tür des Lokals aufgerissen und einige angetrunkene Damen und Herren betraten das

Restaurant. Lonko saß mit dem Gesicht zur Tür und erkannte einige „alte Kunden" seines ehemaligen Kriminaldezernats wieder. Sie waren mehrfach vorbestraft wegen Ruhestörung, Körperverletzung, Diebstahl und Raub.

„Raus mit euch! Ihr habt hier Lokalverbot. Verschwindet oder ich hole die Polizei!", schrie der Wirt.

„Brauchst du nicht!", rief der Anführer der Truppe. „Die Bullen sind schon da! Guten Appetit, Lonko!"

Lonko blieb ein Stück Schnitzel fast im Hals stecken. Er hatte diesen Typen für ein Jahr hinter Gitter gebracht. Schimmler zückte sein Handy und rief die Kollegen von der Streife.

„Wir sind hier am Feiern. Macht das ihr wegkommt, sonst habt ihr eine lange Nacht auf der Wache vor euch!", blaffte Lonko zurück.

„Willst du mir drohen Lonko? Ich habe sowieso noch eine Rechnung mit dir offen. Hotte übrigens auch."

Schimmler mischte sich ein, um Zeit zu gewinnen.

„Laßt uns in Ruhe. Hier werden nur Rechnungen mit dem Wirt beglichen, und zwar in bar."

Die Störenfriede gingen mit allerlei Drohgebärden auf die Kommissare zu. In dem Moment kamen acht Polizisten ins Lokal gestürmt. Nach einer kurzen Rangelei wurde die Gruppe festgenommen und aufs Revier gebracht. Der Wirt war so erleichtert, dass er die Feier auf Kosten des Hauses verrechnen wollte. Schimmler lehnte das aus korruptionsrechtlichen Gründen sofort ab. Er beglich die Rechnung in bar. Alle gingen nach Hause und hatten eine kurze Nacht. Später wurde bekannt, dass der Weiße Ring eine Spende vom Wirt in der Höhe der Rechnung bekommen hatte.

Am folgenden Morgen sah sich Lonko die Protokolle zu dem Vorfall am vorherigen Abend an.

„Hallo Lonko. War ja ein ereignisreicher Abend für euch!", begrüßte ihn ein alter Kollege. „Mir ist bei der Vernehmung eine Dame aufgefallen. Sie hatte ein Pflaster über dem rechten Auge und der linke Handrücken sah auch komisch aus. Wie als wäre eine Warze entfernt worden."

Lonko schreckte hoch. Er bat um ein Bild von der Frau und erkannte in ihr die Remplerin vom Allee-Center wieder. Nach Absprache mit seinem Chef fuhren Lonko und ein weiterer Kollege der SOKO zur Adresse der Verdächtigen um sie, zur weiteren Vernehmung, auf das Präsidium zu bringen. Als die Dame die Tür öffnete, bot sie einen jämmerlichen Anblick. Völlig zerzaust und verstört stand sie vor den Polizisten.

„Ist rempeln jetzt auch schon eine Straftat? Nur weil ich sie vorgestern im Allee-Center angestoßen habe, bin ich doch keine Schwerverbrecherin. Meine Aussage zu dem Streit in der Kneipe habe ich doch schon gestern Abend gemacht!", schrie sie mit offensichtlich verstellter Stimme.

„Die Fragen stellen wir! Kommen sie bitte mit.", entgegnete Lonko.

Auf dem Revier angekommen, inspizierten Schimmler und Lonko die Verdächtige. Als diese das Pflaster über dem Auge entfernte, kam eine große Narbe zum Vorschein. Auf dem Handrücken war eine Verletzung zu sehen. War dort früher die Warze? Lonko war sich dessen absolut sicher. Die Frau zuckte immer wieder mit dem rechten Auge. Hatten die Beiden wirklich den

Schlitzer von Remscheid vor sich sitzen? Schimmler leitete eine Gegenüberstellung der Verdächtigen mit der Prostituierten Anke ein.

Anke kam mit Teddy und der Domina Daphne zum Revier. Teddy war ihr Leibwächter und Daphne die Psychologin an ihrer Seite. Einen Polizeipsychologen hatte Anke abgelehnt. Schimmler hoffte, dadurch die mutmaßliche Täterin überführen zu können. Daphne und Lonko unterhielten sich über die Amnesie von Anke.

„Ich habe sie auf den Moment der Gegenüberstellung vorbereitet. Sie wird es verkraften können.", sagte die Domina.

Schimmler, der erstaunt über den beruflichen Wechsel Daphnes von der forensischen Psychologin zur Domina in einem Edelbordell war, schaltete das Licht im Raum mit den fünf weiblichen Personen ein. Anke deutete nach ein paar Sekunden auf die Verdächtige und beschuldigte sie mit ruhiger Stimme der Tat. Die Verdächtige wurde abgeführt und legte wenige Minuten später ein Geständnis für den Überfall auf Anke ab. Sie beteuerte aber, mit den Morden des Schlitzers von Remscheid nichts zu tun zu haben. Als die Mitarbeiter der SOKO die Alibis der Frau, die oft bei Terminen im Ausland war, überprüfte, erwiesen sich diese für sämtliche Morde des Schlitzers als absolut wasserdicht. Die Suche nach dem Serientäter ging also weiter.

Es vergingen mehrere Wochen ohne einen Hauch von Bewegung im Fall des Schlitzers. Eines Morgens, Kommissar Lonko genoss gerade seinen ersten Kaffee, kam Daphne ins Büro gestürmt. Sie wirkte geschockt und verstört.

„Herr Kommissar, ich habe, glaube ich eine neue heiße Spur für euch!"

Lonko verschluckte sich und fing an zu husten. Er hörte förmlich das laute Pochen des Herzens der Domina. Sie schien völlig außer Atem zu sein. Schimmler, an dem Daphne vorbeigerannt war, kam in Lonkos Büro. Es bot sich ihm ein komisches Bild, Lonko hustend wie der Teufel und Daphne japsend als bekäme sie keine Luft.

„Was ist hier los? Daphne, haben sie Neuigkeiten zum Fall? Beruhigen Sie sich erstmal.", sagte Schimmler.

Daphne atmete tief durch und begann zu erzählen.

„Vielleicht ist das ja nur eine fixe Idee, aber ich habe einen neuen Verdächtigen beziehungsweise eine neue Verdächtige."

Schimmler bat sie Näheres zu erzählen.

„Mann oder Frau? Beides geht doch nicht, oder?", fragte Lonko verwirrt.

Daphne fuhr fort. „Die Sache ist sehr kompliziert. Hören sie mir bitte genau zu, meine Ausführungen brauchen Zeit. Ich muss weit ausholen."

Lonko und Schimmler nickten.

„Es kann sein, dass ich die Mörderin kenne. Aus früheren Tagen, als sie noch ein Mann war. Ich war, wie sie bereits wissen, früher forensische Psychologin. Obwohl ich aus Hannover komme, arbeitete ich vor zehn Jahren als Psychologin für die Kriminalpolizei Stuttgart. Man setzte mich bei Verhören von Gewalttätern als Analytikerin ein. Bei vielen männlichen Tätern fand ich allerdings keinen Zugang, weil ich eine Frau bin. Ich wurde von ihnen nicht akzeptiert, geschweige denn respektiert. Deshalb gab ich diese Arbeit später auf und spezialisierte mich im

Dominabereich. Auch dort kann ich meine psychologischen Kenntnisse einsetzen und Menschen, die sich mir unterordnen und hingeben wollen, helfen und erfreuen. Ich bin Domina für Männer und Frauen. Ich arbeitete in Stuttgart an einem Fall eines Doppelmordes mit. Beide Opfer waren erdrosselt worden. Außerdem wurde ihnen die Kehle mit einem Messer aufgeschlitzt. Es gab einen Verdächtigen, der genau ins Profil passte. Leider fehlten uns de Beweise. Den Indizienprozess verlor die Staatsanwaltschaft. Der Verdächtige, Diethelm Kramer, wurde aus Mangel an Beweisen freigesprochen. Kurze Zeit später tauchte er unter."

„Der Schlitzer ist eine Schlitzerin?", fragte Lonko.

„Gestern wollte ich an die Bar gehen, um nach Kunden Ausschau zu halten. Ich trug eine Ledersturmhaube, so dass mein Gesicht, bis auf die Augen, verdeckt war. Plötzlich kam eine recht männlich wirkende Frau in den Club. Ich sah ihre Augen und musste an Diethelm Kramer denken. Die Augen waren die Gleichen! Sie ging zu Amanda, unserer Spezialistin für lesbische Wünsche. Amanda ist bisexuell, bedient Lesben und hilft im Swingerclubbereich aus, wenn einem Gast der Partner oder die Partnerin fehlt. Als sie mit der Kundin fertig war, fragte ich sie, ob ihr bei der Frau etwas aufgefallen war. Bei der Kundin war der Busen aus Silikon und alles andere war auch künstlich modelliert worden. Die Frau hatte erwähnt, dass sie als Mann geboren wurde. Sie ließ sich vor einiger Zeit operieren, da sie im falschen Körper lebte. Ich gehe davon aus, dass es sich um Diethelm Kramer handelt."

Lonko und Schimmler starrten Daphne mit offenen Mündern an. Schimmler fand als Erster seine Sprache wieder.

„Ich möchte Amanda sprechen, so schnell wie möglich."

Lonko machte den Vorschlag im Club weiter zu recherchieren, da dort auch Unterlagen zur Kundin sein könnten.

„Stimmt!", sagte Daphne. „Amandas Dienste wurden mit Kreditkarte bezahlt."

Alle Drei setzten sich in Lonkos Privatwagen und fuhren zum Bordell. Ein Polizeifahrzeug hätte unnötiges Aufsehen erregt. Teddy, der von Daphne telefonisch informiert wurde, wartete schon an der Tür.

„Es gibt Tage, da ist man erfreut die Polizei zu sehen!",
begrüßte Teddy die beiden Kommissare. Er führte sie in
sein Büro, während Daphne Amanda hinzu holte. Sie
brachte den Kreditkartenbeleg mit. Die Karte lautete
auf Sophie Kramer.

„Treffer!", jubelte Daphne, die daraufhin Teddy die
Umstände erklärte. Schimmler ließ die Meldedaten
überprüfen. Daphne hatte recht. Sophie war früher
Diethelm Kramer. Um Aussagen zu dem Fall zu
Protokoll zu geben, fuhren Schimmler, Lonko, Daphne
und Amanda gemeinsam zur Wache.

„Was wir zur Fahndung benötigen ist ein Foto von
Sophie Kramer.", sagte Schimmler. „Amanda und
Daphne, sie haben sie doch gesehen."

„Ich nicht wirklich.", antwortete Daphne, „Amanda
schon!"

„Hoffentlich bekomme ich das Gesicht noch
zusammen.", meinte Amanda.

„Du wirst dich während der Sitzung mit dem Polizisten,
der die Phantombilder erstellt, genauestens erinnern. Ich

helfe deinem Gedächtnis auf die Sprünge!", entgegnete Daphne.

„Da Sie eine fundierte Ausbildung in forensischer Hypnose haben, gestatte ich Ihnen in dieser Sondersituation die Anwendung. Aber das bleibt unter uns. Sie können das doch so machen, dass der Kollege nichts merkt, oder?", fragte Schimmler.

„Das ist eine meiner leichtesten Übungen.", freute sich Daphne.

Die beiden Frauen zogen sich in ein Nebenzimmer zurück. Daphne versetzte Amanda in eine tiefe Trance. Sie suggerierte ihr, dass sie mit offenen Augen und ruhiger Stimme dem Polizisten das Gesicht beschreiben soll. Dabei würde sie an der Wand ein Bild von Sophie Kramer sehen, mit allen Einzelheiten. Amanda sollte beide Bilder miteinander abgleichen. Nach der Phantombilderstellung würde sie dann in einem Nebenzimmer sanft von Daphne aus der Hypnose geholt. Bei der Erstellung des Bildes war der zuständige Polizist begeistert über die Klarheit der Details, an die sich Amanda erinnerte. Von der Hypnose, in der sich Amanda befand, merkte er nichts. Das Bild wurde sofort in die Fahndung gegeben.

Die Fahndung lief in ganz Nordrhein-Westfalen. An der Wohnsitzadresse von Sophie Kramer war sie nicht aufzufinden. Eine Befragung der Nachbarn gab auch keine weiteren Aufschlüsse. Nachdem auf richterlichen Beschluss die Wohnung durchsucht wurde, konnten die Beamten ein Messer mit Blutpartikeln und einen Computer sicherstellen. Das Messer wies Fingerabdrücke von Sophie Kramer auf, die mit den alten Fingerabdrücken von Stuttgart, als die Verdächtige noch Diethelm Kramer war, überein stimmten. Die DNA der Blutpartikel konnten keinem bisherigen Opfer zugeordnet werden. Hatte es einen weiteren Mord gegeben?

Auf dem Computer fanden sich alte Dateien mit eingescannten Leserbriefen verschiedener Verfasser. Sie bezogen sich immer auf das machohafte Verhalten von Männern. Als die Namen der Verfasser recherchiert wurden, waren viele davon der Schlitzerin zum Opfer gefallen. Endlich hatte die SOKO einen roten Faden gefunden.

Schimmler ließ die noch nicht getöteten Leserbriefschreiber auf das Revier bringen. Ein Rentner aus Lennep war nicht aufzufinden. Sofort wurde ein Suchtrupp mit Spürhunden an die Müngstener Brücke geschickt. Nach vier Stunden fanden sie die Leiche des Mannes in einem Busch am Wupperufer. Laut Gerichtsmedizin war er seit 3 – 4 Tagen tot. Das Messer, das die Polizei im Haus der Verdächtigen gefunden hatte, war die Mordwaffe. Die DNA stimmte überein.

Alle noch lebenden Leserbriefverfasser wurden unter Polizeischutz gestellt. Die Fahndung wurde auf ganz Europa ausgedehnt. Außerdem wurde der Fall im Fernsehen bei „Aktenzeichen XY" im ZDF behandelt.

Kommissar Lonko forderte die Akten zu dem damaligen Doppelmord von der Staatsanwaltschaft Stuttgart an. Die Täterin schien wie vom Erdboden verschluckt worden zu sein. Selbst nach der Fernsehsendung gab es keinerlei Hinweise über den Verbleib der Serienmörderin.

Schimmler und Lonko wollten mehr über die Person und Persönlichkeit von Sophie Kramer wissen und bestellten Daphne ins Präsidium, als die Akten aus Stuttgart ankamen. Schließlich kannte sie die Täterin, wenn auch noch als männlicher Täter, am besten von allen.

Es war Nachmittag, als Daphne auf die Wache kam. Sie wäre gerne früher da gewesen, aber sie hatte noch Termine mit Stammkunden. Daphne kannte die Akten in- und auswendig.

„Diethelm Kramer war damals ein meist unauffälliger Psychopath.", erklärte Daphne. „Er schien zwischen zwei Persönlichkeiten zu schwanken. Auf der einen Seite der friedlich liebende Familienvater, auf der Anderen ein Anti-Macho, mit weiblichen Zügen, der wie eine Hardcore-Feministin jeden testosterongesteuerten Mann hasste und bekämpfte!"

Lonko sprach aus, was Alle dachten. „Er war eine Art Dr. Jekyll und Mr. Hyde?"

Schimmler wurde klar, dass sie einen unberechenbaren Irren jagten. Im gleichen Moment klingelte sein Telefon. Er nahm den Hörer ab und wurde kreidebleich. Schimmler legte völlig entsetzt auf.

„Sophie Kramer ist in der Innenstadt gesehen worden, bewaffnet!"

Lonko und Daphne sprangen auf.

„Schnappen wir sie uns!", rief Daphne.

„Sie bleiben hier! Der Einsatz ist lebensgefährlich. Sie sind keine Polizistin.", schrie Schimmler Daphne aufgebracht an. Er schien ein Nervenbündel zu sein. Lonko beruhigte ihn.

„Daphne sollte mitkommen. Sie ist die Einzige, ihr bekannte Bezugsperson.", wandte er ein.

Schimmler gab Lonko recht und entschuldigte sich bei Daphne für seine Unbeherrschtheit.

Er wies alle verfügbaren Kräfte an, die Lage weiter zu beobachten und keinen Zugriff zu wagen. Schimmler, Lonko und Daphne fuhren mit Blaulicht und Martinshorn zur Alleestraße, wo sich Sophie Kramer derzeit aufhielt. Diese stand vor den Türen des Remscheider-General-Anzeigers und riss sie einen Moment später auf, um die Räume der Redaktion zu stürmen. Sophie Kramer zog ein großes Messer und hielt es dem Chefredakteur an die Kehle.

„Bleibt draußen, ihr Scheißbullen. Keine Tricks!", schrie die verzweifelte Täterin. „Wenn ich hier einen bewaffneten Mann sehe, schneide ich dem Redakteur die Kehle durch. Für den Rest habe ich eine Knarre und mehrere Magazine mit Munition dabei!"

Schimmler überlegte, was er jetzt machen konnte. Die Kollegen vor Ort waren alle männlich.

„Lassen sie mich mit ihr reden.", schlug Daphne vor.

„Sie sind keine Polizistin. Das kann ich nicht machen.", entgegnete Schimmler.

„Ich war in Stuttgart bei zwei Geiselnahmen dabei. Ich habe das Verhandeln gelernt. Außerdem kann ich Sophie Kramer gut einschätzen und sie wird überrascht sein, wenn sie mich sieht. Die Verwirrung kann uns Zeit bringen und ihren Fokus vom Redakteur auf mich lenken.", sagte Daphne.

„Das ist wohl der einzige Weg an sie heranzukommen. Machen sie aber keinen Unsinn. Ich will kein weiteres Opfer. Ist das klar?", fragte Schimmler.

„Ist klar. Ich bin vorsichtig.", entgegnete Daphne.

Schimmler fragte Sophie Kramer, ob eine unbewaffnete Frau die Räume betreten darf. Kramer willigte verdutzt ein. Daphne ging hinein. Sie sah Sophie Kramer direkt in die Augen.

„Was für eine Überraschung, die Psychotante aus Stuttgart. Welch eine Freude sie zu sehen, Frau Leutner!", begrüßte die Geiselnehmerin Daphne.

„Man sieht sich immer zweimal im Leben, Diethelm Kramer!", entgegnete sie.

„Ich bin Sophie, der Diethelm in mir ist gestorben!", zickte Kramer Daphne an.

„Lassen sie den Redakteur frei! Sie haben keine Chance rauszukommen!", schrie Daphne.

„Wir können gerne tauschen, Schätzchen. Statt des Redakteurs, kommst du zu mir!", bot Kramer an.

Sie wusste nicht, dass Daphne noch ein As im Ärmel hatte. Als die Geiselnehmerin den Redakteur wegschubste und Daphne ergriff, nutzte die Domina eine Unachtsamkeit von Kramer, griff in ihre Hosentasche und versetzte ihr einen starken Stromstoß mit einem Elektroschocker. Schreiend vor Schmerzen, ging die Geiselnehmerin zu Boden. Gemeinsam mit zwei Männern fesselte Daphne Sophie Kramer.

Schimmler stürmte hinein und schrie Daphne an, „Ich sagte nur reden, nicht überwältige. Machen sie das nie wieder! Sie könnten tot sein! Wo haben sie den Schocker her?"

„Der Schocker ist meiner. Es gibt Leute, die möchten leichte Stromschläge bekommen. Ich habe ihn vorhin für alle Fälle auf eine höhere Stufe gestellt. Das ist Arbeitswerkzeug. Hätte ich sie untätig anstarren sollen, in der Hoffnung, dass sie umfällt? Ich kann mit der Situation umgehen, der Redakteur nicht!", ereiferte sich Daphne.

Lonko versuchte, die Beiden zu beruhigen. Der Einsatz des Elektroschockers dürfte in den Bereich der Notwehr fallen meinte er. Alle fuhren erleichtert zum Präsidium.

Bei der Vernehmung gestand Sophie Kramer alle Morde der Schlitzerserie. Auch den Doppelmord von Stuttgart gestand sie. In der Gerichtsverhandlung wurde zu lebenslanger Haft wegen Mordes in 11 Fällen und anschließender Sicherheitsverwahrung verurteilt. Daphne wurde vom Vorwurf der Körperverletzung freigesprochen, da das Gericht auf Notwehr entschied. Für Daphne war es eine Genugtuung, dass Sophie Kramer auch im Rahmen des Doppelmordes von Stuttgart geständig war.

Die SOKO Schlitzer wurde aufgelöst und die Abteilung feierte in Lonkos Stammkneipe ein großes Abschlussfest. Teddy schaute an diesem Abend „rein zufällig" vorbei. Außer den Polizisten, Daphne und Amanda, die beide entscheidend zur Lösung des Falles beigetragen hatten, waren nur wenige Leute dort. Da Schimmler ein Gratisgetränk speziell für die SOKO ablehnen würde, schmiss Teddy zwei Lokalrunden, in die die Polizisten problemlos einbezogen werden konnten, ohne den Anschein einer Bestechung zu erfüllen.

Nach dem Abend brachte Lonko Daphne nach Hause. Sie bat ihn, noch kurz mitzukommen, da sie ihm ihre Kontaktdaten geben wollte. Als Beide oben waren, strahlte Daphne über das ganze Gesicht.

„Du hast so viel für mich getan Lonko. Ich möchte dir ein kleines Geschenk als Dank machen.", säuselte sie.
 Lonko dachte, sie will einen One-Night-Stand mit ihm. Das konnte er nicht zulassen.

„Es ist nicht, wie du denkst.", sagte Daphne. „Ich will nicht mit dir schlafen. Aber ich möchte dir ein Erlebnis schenken, das du nie wieder vergessen wirst. Du weißt ja, dass ich eine Meisterin auf dem Gebiet der erotischen Hypnose bin. Wie ich dich einschätze, hast du schon lange kein Häschen mehr in deiner Grube gehabt. Ich möchte heute Abend deine Sinne verführen und dich nur mit meiner Stimme in das Land der Lust und Sinnlichkeit geleiten. Du wirst dich wohlfühlen wie nie zuvor, und alles erleben was ich dir sage, als wäre es Realität, ohne dass es zwischen uns zum Geschlechtsverkehr kommt. Alle deine Fantasien und Träume auf dem Spielfeld der Liebe werde ich dir heute Nacht, per Kopfkino, mit dir als Hauptdarsteller erfüllen."

Lonko zögerte. Als er Daphne tief in die Augen sah, willigte er ein, zog sich aus und legte sich auf ihr Bett. Mit sanfter Stimme redete Daphne auf ihn ein. Lonko entspannte sich total und ließ sich einfach treiben. Er gab sich ihrer Stimme hin und genoss Daphnes Künste, die er niemals vergessen wird.

ENDE